»Darling, Give me a Break!« ist ein japanis
originalgetreu von »hinten« nach »vorne«
nach links gelesen wird! Schlag das Buch als
und blättere Seite für Seite nach »vorne« w
Bilder und Sprechblasen werden von rechts oben nach links unten gelesen, wie es in der Grafik gezeigt wird. Hayabusa wünscht gute Unterhaltung!

HAYABUSA
Carlsen Verlag GmbH · Hamburg 2022
Aus dem Japanischen von Diana Hesse
DARLING, IIKAGENNI SHIYAGARE

Redaktion: Julia Liebetraut
Herstellung: Maria Niemann

ISBN: 978-3-551-62233-4

MIX
Papier aus verantwortungsvollen Quellen
FSC www.fsc.org
FSC® C083411

LOVE THE FALCON
www.hayabusa-manga.de
www.carlsen.de
hayabusa_manga
HayabusaTweets

Unser Versprechen für mehr Nachhaltigkeit
- Klimaneutrales Produkt
- Papiere aus nachhaltigen und kontrollierten Quellen
- Hergestellt in Europa

Nachwort

Vielen Dank, dass ihr den Manga bis zum Schluss gelesen habt! Mein Name ist Minta Suzumaru.

Das war meine erste Geschichte, die ganze fünf Kapitel umfasste. Ich habe viel dabei gelernt. Es war nicht immer leicht, aber ich konnte wertvolle Erfahrungen sammeln. Für die Magazin-Veröffentlichung wurde bei jeder Kapitelüberschrift ein anderes Gemüse designt. Darauf habe ich mich jedes Mal gefreut. In der Taschenbuchausgabe wurde daraus in allen Kapiteln eine Tomate. Die finde ich auch total süß! Sogar auf die Details wurde geachtet! Das freut mich total!

Ich weiß nicht, was ich im Nachwort schreiben soll, also fülle ich den Platz einfach mit einem abgelehnten Entwurf für die farbige Titelseite des ersten Kapitels, okay? Irgendwie wirkt Haiji kindlicher und Kokoro schaut ein bisschen fies drein.

Es würde mich sehr freuen, wenn wir uns irgendwann einmal wiedersehen.

Minta Suzumaru

Hast du...
... mögli-cherweise deine Liebe gefunden?
!
...
Hach... Das darf nicht wahr sein... Ich wünschte...
... dieses Gesicht hätte er meinetwegen gemacht.
Hä?
Was hast du?
He!
Ende.

Darling. Give me a break!

Eine weitere Liebe

Deine Hände sind...
... wirklich weich.
Aber wenn das zum-Verliebtsein gehört...
... dann ist es eben so.
Hihi.

Ah.
Darf ich nächstes Mal die aktive Rolle über-nehmen?
Hä?

Ende.

Sorry...
... ich kann mich nicht zurück-halten!
KNARR
Das sagt er...
... aber seine Hände und seine Stimme sind trotzdem zärtlich.
!
Hah...
Wenn ich mich frage, wie viele vor mir...
Hah...
... diesen Haiji schon sehen durften...
Ah...
... fühle ich mich ganz furchtbar.
PACK

SCHAUDER
!
Au...
Huff-
Huff-
Kokoro!
Du ver-
krampfst!
SCHWUPP
TSCHUPP
Ah!
TSCHUPP
Ah!
Warte
...
Klammer
dich an
mich!
BOFF
Hah...
Ah...

Egal jetzt! Mach weiter!
RITSCH
Fon kwar.
SKUPS
REIB
Ah!
!
FLUTSCH

FWAPP
Die ist ganz neu.
Mhm...
Außerdem hab ich nie Mädchen mit nach Hause genommen.
PRUST
?!
Was ist?
Ach...
Dass der brave Kokoro auch eingeschnappt sein kann...
So kenn ich dich noch gar nicht.
Als ob das nicht deine Schuld wäre...

Jetzt konzentrier dich!
Ah!
ZUCK
FLUTSCH
GUTSCH
GUTSCH
Wie ... viele ...
... sind drin?
Drei.
DRIP
Ich nehm noch mehr Gleitgel.
!
...
STARR
Was ist denn diesmal?
Hast du...
... die Tube vorher mit jemand anderem benutzt?

Hör mal.
Komm nachher noch mit auf mein Zimmer!
Hi...
...hihi.
He!
Musst du immer noch lachen?!
Es ist...
... weil ...
Deine Einladung war alles, nur nicht roman-tisch.
PRUST
Das tut mir aber leid!

Hä?
Eifersucht...
So fühlt sich...
... Eifersucht an?
KLAMMER
MURMEL
So will ich mich...
... nicht fühlen.

Und wenn sie sich wieder in dich verliebt?
Huch? Schon wieder.
Das fühlt sich furchtbar an.
Vergiss es...
Selbst wenn, würde ich sie zurückweisen.
Ich will dich nicht noch mal eifersüchtig machen.

Du bist so pflichtbewusst.
Ah.
Mein Tonfall war irgendwie scheußlich.
Hab ich zum ersten Mal gemacht.
Wie soll ich sagen?
Obwohl sie mich geliebt hat...
... habe ich die Beziehung nicht richtig ernst genommen.
Mir ist klar geworden, dass das nicht okay war.
Ähm...
Ich kann's nicht so gut erklären.
Jedenfalls ...
... wollte ich dafür geradestehen.

Könnte es sein, dass...?
War das die Freundin, von der du dich getrennt hast?
Ja.
Wusste ich es doch!
Die Trennung hatte so einen üblen Beigeschmack. Das ließ mich nicht los.
Ich wollte mich wenigstens noch entschuldigen.
Mhm...

Ist er heute nicht schon zum zweiten Mal hier?
Der Lieferant!
← Beliebt
Irgendwie…
… sind alle Blicke auf Haiji gerichtet.
UMSEH
Da rüber?
Ja.
Was? Eine Frau?
Wer ist das?
Was denke ich da?
Man sollte nicht lauschen!
Es ist gut, dass ich sie nicht hören kann.
Worüber sie wohl reden?
Aus dieser Entfernung kann ich nichts hören.

So viele junge Leute hier!
Ich studiere ja leider nicht.
Ich würde mich gern umsehen.
Hm?
Haiji wollte, dass er sich nicht vom Fleck bewegt.
KVOCK
Hi.
Ist 'ne Weile her.

BATAMM
Warst du nicht fertig mit Auslie-fern?
Ich hab noch was an der Uni zu erledi-gen.
An der Uni?
Hast du was dage-gen, wenn ich mitkomme?!
Wie?
Cool, ein japanischer Campus!
Also, heute...
...
Ach, was soll's?
Steig ein!
Juhu!
Darling, Give me a break!
Bonuskapitel

Darling,
Give me
a break!

Darling,
Give me
a break!

KNARR
...
Das ist...
Hihi...
Du bist rot wie eine Tomate.
Klappe!
Komm jetzt!

Ende.

Wenn das »Liebe« ist…
… dann will ich, dass es so bleibt.
Bis wir zu Asche werden?

ぽ PA
Freue dich drauf!
BOFF
Das Frühstück ist schon fer...
He!
Was ist denn?
Haiji ...
... du bist so cool.
Hä?
Du warst schon immer cool...
... aber heute besonders.
Ich bin ganz durcheinander.
Aber ...
Ja.

Kokoro.
KLACK
Ich bring Ai zur Schu-le. Kommst du auch?
Ah.
Ja, ich kom-me!
Sorry. Am Ende wurden wir doch entdeckt.
Huch? Kokoro ist ja da!
Urgs!
Mutter
Schon gut. Ich hatte Spaß.
Und was die Tomaten angeht...
PLING
Pflanzen sind echt robust!
Sag ich doch!
Warte eine Wei-le, dann tragen sie Früchte.

... ich will nur dich...
Hah...
POCH
!
DONK
Ko...
Kokoro...
Uwah!
Hihi.
Ja.
Halt!
Nicht anfas-
sen, sag
ich!

STREICH
Deiner ...
... ist echt groß...
Er glüht richtig...
ZUCK
GRAP
!
KEUCH
KEUCH
Bist du ein Pornodarsteller, oder was?!
He...
Du brauchst mich nicht anfassen.
Ach so...
Aus dir werd ich...
... echt nicht schlau.
Ich...
... sagte doch...

Tun wir es jetzt?
Sex, meine ich.
Ganz direkt.
!
Nein.
Heute nicht.
WIND
Ah...
Aber sich aneinander zu reiben, ist sicher okay ...
KNARR
Wow...
FUNKEL

FWO
Wah!
Was ...?!
MP
Lass mich nur machen.
Er wirkt immer so unkompliziert...
... aber das täuscht wohl.
!
SSST
GRAP
Ah!
!
Hff...
TSCHUPP
RUBB
RUBB
TSCHUPP
RUBB
Hai...
...ji...
Hah...

Ich geb mich ge-schlagen.
KÜSS
KÜSS
Haiji! Mach mal Pause!
Sorry ... Ich...
War ich zu gierig?
!
WIND
Geistesblitz
...

Auch diese Seiten will ich kennenlernen.
Reicht das...
... immer noch nicht?
Mann...
Hab's ja kapiert.

Ich möchte mit dir die Liebe erfahren!
Was soll ich denn noch sagen, um dich zu überzeugen?
...
...
Du sprichst ...
DRUCK
... von Liebe...
Keine Ahnung, wie du dir die Liebe vorstellst ...
... aber sie ist nicht immer nur rosig, schätze ich.
Und ich bin nicht so toll, wie du denkst.
Ich hab auch schlechte Seiten...

Ich...
... denke auch oft, dass ich...
... dich toll finde, Haiji.
...
Schau nicht nach unten!
ZI
EH
DRÜCK
Zu nah!
Was soll das?!
Haiji!
!

»Asche« und »liebevoll«.
Das heißt...
... bis du zu Asche wirst, also bis du stirbst, wirst du etwas lieben. So könnte man es doch verstehen?
...
Da fing es an...
Ich...
... fand dich einfach toll.

Im Nachhinein betrachtet kommt es mir so vor, als ob ich Hintergedanken hatte...
Und vor allem...
Braucht es denn noch mehr Gründe, um ein Paar zu werden?
!
Kannst du denn genau die Gründe aufzählen, wieso du dich in mich verliebt hast?
Die Gründe...

Du meintest doch sicher eine Partner-schaft mit einer Frau!
Ich bin ein Mann.
GRUMMEL
Und ich hab nichts getan, wofür du mich lieben könntest.
Ich habe nie gesagt, dass ich mir eine Frau wünsche!
ZUCK
WAMM!!
Haiji ...
... du scheinst dir zu Herzen zu nehmen, dass du gru-selig guckst und derb redest...
... aber das finde ich gar nicht!
Deine Familie und die Arbeit gehen für dich immer vor. Das finde ich toll.
Du kannst so viel, was ich nicht kann, wie Kochen und Putzen.
Also, nein, eigentlich...
Und...
... du bist immer zuvorkom-mend!

Ich liebe dich auch, Haiji!
Wa ...
Damit hätte ich beginnen sollen, was?
...
Stopp, stopp, stopp!
Halt mal!
ST OP
Das kann ich nicht einfach so hinneh-men!
Du meintest doch, du möchtest dich verlieben und eine Partner-schaft!
Wieso soll ich derjenige sein?!

Das hat sich nicht geändert, seit ich hier bin.
Ich schlug vor, eine Beziehung einzugehen...
... weil es das ist, was ich wirklich möchte.
?
Heißt das...?

Ist nicht ... ... weiter wild...
?
Das läuft anders ab, als ich dachte...
Ich... ... habe dir doch erzählt ... ... dass meine Mutter mich »Koko-ro« nannte.
Hä? Ja. Weiß ich noch.
Ich soll ehrlich zu mir sein...
... und immer meinem Herzen folgen.
Diese Bedeutung steckt in meinem Namen.
Ich war schon immer ziemlich impulsiv.
Aber ich versuche immer klarzumachen, was ich tun und sagen möchte.

So hat es für dich geklungen?!
Ich muss mein Japanisch verbessern...
Und du bist zu negativ, Haiji!
SCHOCK
?!
Aber ...
... ich hätte mich deutlicher ausdrücken müssen.
Du warst also nicht wütend...
... sondern verletzt.
Das tut mir leid.

Tut mir leid, dass ich es wieder hervorhole ...
... aber ich verstehe nicht...
... womit ich dich wütend gemacht habe.
Erklär es mir!
KNIEFALL
Bitte!
?!
Sauer war ich...
... weil ich dachte, du hättest das nur aus Mitgefühl gesagt.
Da bin ich...
... ausgerastet.
Was bedeutet »Mitgefühl« in diesem Fall?
Hä?
Na...
... ich dachte, du schlägst eine Beziehung nur vor, weil ich dir leidtat ...
... nachdem ich dir meine Gefühle gestand!
Das ist doch sinnlos ...

KLACK
Danke für das Bad.
DAMPF
Wow!
Sü...
...ß sieht er aus, aber darum geht's nicht!
?
Bedenk die Lage!
Was unser... ... Gespräch angeht ...
... möchte ich dir vorher eine Frage stellen.
FWOMP
Er setzt sich neben mich?
Was denn?

Hat er jetzt gründlich nachgedacht?
Dann gibt er mir diesmal einen Korb.
Hmmm...
Alles andere wäre unlogisch. Aber wenn ich so drüber nachdenke...
... macht mich was stutzig.
Gehen w eine Bez hung ei Haiji?
Du hast sie mir geschenkt...
Nein...
Nein, nein, nein!
Mach dir keine Hoffnungen, du Hohlkopf!
Haiji.
TOCK
TOCK
SCHRECK

Darf ich...
... in dein Zimmer kommen, wenn ich fertig bin?
Hä?!
Vielleicht mache ich dich wieder sauer...
... aber ich will diese verworrene Situation aufklären.
...
Was war das?
Geht... klar.
Irgendwie...
... war er anders als sonst.

Da hattest du eine rote Wange...
...
Ich bin aber ein Mann.
Und du liebst mich trotzdem?
!
FLAPP
Apropos, du warst vorher mit einer Frau zusammen, oder?
Hm? Ja...
Mhm, tu ich...
WAPP
Verstehe ...

Dann sollte ich deiner Familie hallo sagen.
Brauchst du nicht.
BATAMM
Aber...
Deine Augen sind ganz rot!
WISCH
Du willst doch nicht, dass sie Fragen stellen, oder?
!
Da. Ein Handtuch.
...
FLAPP
An meinem ersten Tag hier ...
... war es umgekehrt.
?

TSCHY!
Komm mit rein!
Du willst sicher nicht durch den Regen.
Jetzt mal langsam!
Das klang ja fast so, als ob...
Nein, nein.
Sein Verhalten sorgt ständig dafür, dass ich mir irgendwas einbilde.
FWUPP
ポイ
FWUPP
ポイ
Sorry, kann dir nur meine Klamotten anbieten.
Ah, die Unterhose ist neu.
Nimmst du ein Bad?
Nein, du! Sonst holst du dir was weg.

...
Er hat sich wohl wieder beruhigt.
Als du angefangen hast zu weinen, dachte ich schon sonst was.
Wegen einer Pflanze brauchst du nicht zu übertreiben.
TAPP
!
Sie ist ja auch...
... von dir!
Du hast sie mir geschenkt ...
Ha...

Darling, Give me a break!
5. Kapitel
Hepp!
SCHAAAAA
Siehst du?
Alles paletti.
Den Keimlingen geht's gut.
Ich nehme sie sicherheitshalber mit ...
... aber ein bisschen Wasser lässt sie nicht gleich verwelken.
Okay?
Ach so...
Ein Glück ...

Darling,
Give me
a break!

Darling,
Give me
a break!

...
SCHNIEF
...
WIMMER
Ich dachte, ich wäre an Tränen gewöhnt.
Ai weint schließlich oft...
... und, na ja, ich hab auch schon Frauen zum Weinen gebracht.
Aber...
He...
Wein doch nicht!
... mehr als dieses Gestammel mit jämmerlicher Stimme bekam ich nicht raus.

SCHOCK
Was...?!
He!
Was hast du?!
Weinst du?!
...

Haiji...
Was machst du hier?
Unange nehm...
Warum stehst du da wie angewurzelt?
Du bist klatsch-nass! Komm unter den Schirm!
Der Blumen-topf...?

Kokoro?
ZUCK

HASP
!
SWUSCH
SCHAAAAA!
Zum Glück stürmt es nicht.
Morgen hört es wieder auf.
Jetzt nur noch…
»Ob Kokoro zurechtkommt?«
!
Nicht drüber nachdenken!
Wenn ich jetzt einknicke, war alles umsonst!
KRSCH
KRSCH

»Dein Name, Kokoro, steht nämlich für...«
Mama...
... ich...
... falle Haiji immer nur zur Last...
PRASSEL
Regen? Seit wann...?
KNARR

»Du, Mama?«
»Hast du Papa lieb?«
»Na sicher hab ich ihn lieb.«
»Selbstverständlich habe ich auch dich und deine Brüder lieb.«
»Hör mal, Kokoro.«
»Eines Tages wirst auch du dich verlieben...«
»... und jemandem begegnen, der dir sagt, dass er dich liebt.«
»Wenn es so weit ist, musst du ehrlich zu deinen Gefühlen stehen.«

Willkommen zurück!
Bist du nass geworden?
Nein!
Mit Volldampf!
Haiji ist mit mir durch den Regen geflitzt!
Ach so!
Es schüttet echt heftig.
Ob Kokoro zurechtkommt?
Es gießt zum ersten Mal derartig, seit er in Japan ist.
Regnet es in Italien überhaupt?
Na klar...
Er ist doch kein Kind mehr.
Er kommt klar.
Ich seh nach den Feldern.

TAPP
Es reicht jetzt.
Geh nach Hause!
SCHAAAA
Wir sind wieder daahaa!

Wenn ich dich verärgert habe, sage ich es anders.
WUSCH
Schluss mit dem Unsinn!
Hast du mir ...
... nicht zugehört?!
Es geht nicht darum...
... wie du dich ausgedrückt hast!
...

Ich fühl mich schuldig, dich so überrumpelt zu haben.
Ich hab das nicht getan, weil ich eine Antwort wollte.
Einfach so eine Beziehung vorzuschlagen...
Darüber kann ich mich nicht freuen...
Sorry, ich bin echt durcheinander...
TAPP
Haiji!
PA
GK
Wie...
... soll ich es denn dann ausdrücken?

...für dumm verkaufen?
?!
Nach mir richten?
Was soll das?
Das klingt ja, als wärst du mir hörig.
Wieso sagst du so was? Ist dir klar, worum es mir geht?
So genau ...
... weiß ich das nicht...
Hah!
Was hast du dir dann dabei gedacht?

Und...
... was meinst du damit, du richtest dich nach mir?
?
So, wie ich es gesagt habe.
Du liebst mich doch, oder?
...
Hach ...
Willst du mich...

Ich richte mich ganz nach dir.
Hach… Verdammt…
…
Komm mal…
… her.
Er hat nicht das Geringste kapiert.

Gehen wir eine Beziehung ein, Haiji?
Hä...?
Ich habe verstanden, wie du fühlst.
Ich war überrascht ...
... und ich habe nachgedacht.

Wieso ...
... bist du...?
Ähm...
Ich wollte mit dir reden.
Hast du gerade Zeit?
...
RATTER
Oder musst du dringend los?
Was ist mit ihm?
Ich komm echt nicht mehr mit.
KLACK
Nein, ich hab's ...
... nicht eilig.
Ein Glück.
Also, wie wär's?

Oh.
Hä?
Guten Morgen, Haiji.
Das nenne ich Timing!

Scheiße!
Der Schock sitzt zu tief!
RUBB
RUBB
Wie stark soll es regnen?
In Strömen!
Na toll...
Es tut mir leid für die beiden, aber es wird zwischen uns nie wieder wie vorher sein. Kokoro wird sich bestimmt von mir fernhalten.
Ai! Ich mach dir die Haare!
Ich mach mich auf den Weg zum Feld!
Geht klar!
Erst mal muss ich...
... einen kühlen Kopf krie-gen...
RATTER

Gestritten…
Als ob…
PLÄTSCHER
ZOMM
Wenn's doch nur so einfach wäre!
Sein Gesicht sprach Bände…
Er war total entsetzt!
Ich bin eindeutig zu weit gegangen, als ich ihn einfach geküsst habe.
Aber jetzt dürfte er es kapiert haben.
Er soll sich lieber schnell eine Frau angeln und mich meiden.
Dann werde ich auch…
TROPF
»Ich will mich verlieben.«

Darling, Give me a break!
4. Kapitel
Morgen ...
Oh, guten Morgen, Haiji.
Heute soll es regnen, darum müss-test du das Feld...
?!
GRUMMEL
Wie siehst du denn aus? Ist was pas-siert?
Mh ...
SCHLURF
SCHLURF
Hab mich mit Kokoro gestrit-ten!
Was?
Du siehst ja schrecklich aus.
GRUMMEL

Darling,
Give me
a break!

Darling,
Give me
a break!

Mein erster Gedanke war, dass ich ihn liebe...
... und mein zweiter, dass ich mich besser von ihm fernhal-te.
Haaach...
Was mache ich hier?

FWOMP
...
KRSCH
KRSCH
Das ist sein Traum.
Ich will mich verlieben.
Sein schillernder Traum...
... der ganz sicher in Erfül-lung geht.

... sehe dich mit einem anderen Blick!
Und tue sogar so was!
Das Problem liegt bei mir!
Daher hat sich die Situation geändert!
Hast du's jetzt verstanden?!
...
WUPP
KNARR
KNARR
KLACK
RUTSCH
PAMM

PACK!
...
Ich...

Erklär es mir so, dass ich es verstehe!
Sprich es klar aus!
Wenn du es mir erklärst, gebe ich Ruhe!
...
!
Na gut, wenn du es unbedingt wissen willst!
WA
MM

!
WAPP
Jetzt … … nicht.
Oder eher…
Lass das in Zukunft!
Warum?
Dir darf ich einen geben, sagtest du.
Die Situation hat sich geändert!

Ich geh nach Hause...
Was?
Okay...
Ah!
Haiji!
Ich gehe bald schlafen.
Wie wäre es...
... mal wieder mit einem Gute-nacht...

Wieso...
Ist dir das Thema unangenehm?
Tut mir leid, wenn du so was nicht hören wolltest.
Nein...
Eine schöne Geschichte.
So was ist...
... echt großartig...
... erzählt er mir das?
Danke.
Das ist doch echt...

Ich hätte auch gern…
… irgend-wann so eine Partner-schaft.
Ich will mich ver-lieben.
Am liebsten in jeman-den aus Japan.
Das ist auch ein Grund, warum ich hierher kam.
Ist das ein Mut-terkom-plex?
Haiji…?

Sie war krank und starb...
... vor acht Jahren, als ich zehn war.
...
Das...
Ah.
Lass dich davon nicht runterziehen!
Ich bin längst darüber hinweg.
Ihre letzten Worte an mich haben mir Kraft gegeben.
Nur dank ihrer Worte bin ich jetzt hier.
Für Vater ist sie ...
... noch immer die einzige Liebe.
Und auch sie hat ihn bis zum Ende geliebt.
Die beiden machen mich stolz.

Danke.
Kein Wunder, dass Vater sich direkt verliebt hat.
Sie war sanft-mütig...
... und eine lie-bevolle Mutter.
Aber...
... sie ist...
... nicht mehr am Leben.
!

...
Mist! Ich schaufle mir mein eigenes Grab...
Also ...
!
Was seh ich da?!
WAPP
Ein Foto deiner Eltern?
KLAPPER
Ach.
Das hier?
Ja.
Das sind mein Vater und meine Mutter.
Deine Mutter...
... ist echt hübsch.

...
SCHRECK
Du fällst mir nicht zur Last...
Das ist nicht der Grund...
Ähm...
?
Das Problem liegt bei mir.
Bei dir?
Wie meinst du das?
!

Wir haben uns eine Weile nicht mehr in Ruhe unterhalten.
Ah... Stimmt ...
Gehe ich dir...
... vielleicht doch auf die Nerven?
Wenn ich dir zur Last falle...
... können wir das Versprechen, uns einmal täglich zu sehen, auch einfach...
!
KNARR
Nein!
Das ist es nicht!

Du hast gesagt, ich soll sie in die Sonne stellen. Das hab ich gemacht.
Und sie wachsen Stück für Stück.
Ah.
Hm.
Sieht gut aus.
Wenn sie weiter so wachsen, ranken sie sich von selbst um die Stange.
Pass nur auf, dass du nicht zu viel gießt.
Was ist?
Ach...
Es ist nur...

Nanu?
Haiji?
Hallo...
?
Du kommst genau richtig!
Komm mal kurz mit!

Kannst du Kokoro nicht mehr leiden?
!
Ihr habt das gemerkt?
War nicht zu übersehen.
Magst du ihn nicht mehr?
Doch, ich mag ihn noch.
Es ist alles gut…
… also sei nicht grummelig.
Ich kann nicht ewig so weitermachen.
Ich muss was unternehmen.

Was ist das für 'ne Ausdrucksweise?!
Vergrault.
Ich komme eben nach dir!
Egal, hör zu!
Hör zu!
Was denn?
Sogar Ai ist sauer auf mich?
PÖH
Warum gehst du Kokoro aus dem Weg?
Was?

Haiji, heute...
Sorry, ich muss in die Stadt.
Ich geh mit meinem Vater was trinken.
Haiji? Nanu? Eben war er doch noch da.
SCHLEICH
SCHUMM...
Ich hab's vergeigt!
Fängt man erst mal damit an, jemandem auszuweichen, kann man nicht einfach wieder aufhören...
Haiji!
Hast du eigentlich nur Mist im Kopf?!

PRESS
Das...
... hab ich mir schon 50 Mal einzureden versucht!
ZUPF
Ah!
Buwah!
Haiji!
Was machst du da für Blödsinn?!
RASCHEL
Tut mir leid!
Bin abgerutscht!
Was soll ich jetzt machen?
Ich will Kokoro auch nicht aus dem Weg gehen...
... bis er sich besser eingelebt hat.
Das ist nicht gelogen, aber...

Ach so.
Alles klar.
Dann...
... pass auf dich auf!
Ja.
Es stört mich nicht.
Ich weiß nur nicht, wie ich damit umgehen soll.
Da ich langsam Gefühle für ihn entwickle...
... will ich lieber nicht zu viel Zeit am Stück mit ihm verbringen.
Dass ich was für einen Mann empfinde...
Meine Gefühle spielen mir Streiche.
Ich bin bloß fasziniert von seiner Haarfarbe, mehr nicht!

Jetzt haben wir uns schon gesehen...
... aber ...
... wenn du nichts dagegen hast...
... könnten wir uns abends noch mal treffen?
...
Wir treffen uns jeden Tag mindestens einmal.
Ich weiß, das habe ich selbst vorgeschlagen, aber...
... nur mir gegenüber ist er so anhänglich. Das bilde ich mir nicht ein.
Sorry.
Ich hab heute noch was in der Stadt zu erledigen.
Ich weiß nicht, wann ich zurück sein werde.

Weil du mir alles genau beigebracht hast!
Danke, Haiji!
Seitdem...
... ist etwas mehr als eine Woche vergangen.
Kokoro wird langsam auch mit den anderen Dorf-bewohnern warm und von ihnen verhätschelt.
Kokoro! Guten Morgen!
Ah! Guten Morgen!
Ich bin froh da-rüber...
Noch was...
... Haiji.
... aber...

TAPP
TAPP
Darling, Give me a break!
3. Kapitel
Haiji!
Sie sind aufgekeimt!
Oh...
Klasse.
Das ging ja schnell.
Hihi.

Darling,
Give me
a break!

Darling,
Give me
a break!

Haaaach...
BOFF
Echt jetzt...?

Ich bin auf gar keinen Fall...
... schwul!
GLÜÜÜ
ZZZ
ZZZ
Aber...
... so unreif, dass ich meine Gefühle nicht deuten könnte...
... bin ich auch nicht.

Gut, dann...
... bist du der Einzige.
Gute Nacht.
Gute Nacht...

Du hast es ja eh schon mal getan...
Solange du keinem anderen einen gibst ...
Ist ja nichts ...
... dabei.
Ich mei- ne...
Was rede ich da eigentlich?
Mir... darfst du...
... ruhig einen geben.
KNARR
Ah, verdammt...

Egal, schlaf jetzt!
Ja, werde ich.
Gähn...
Ah.
Da fällt mir ein...
Den Gutenachtkuss sollte ich wohl sein lassen, oder?
DOSCH
An meinem ersten Tag hier habe ich dir ohne zu überlegen einen gegeben.
Falls dir das unangenehm war, möchte ich mich tschul...
KNARR
Nein!
Es war nicht unangenehm!

Gern.
Du...
... machst mich...
!
... wirklich glücklich.

Gähn...
Als ich dich sah, wurde ich ganz zufrieden und müde...
Sonst gehe ich immer um 21 Uhr schlafen...
Dann schlaf. Ich schließe für dich ab.
ZIEH
Mhm... Der Schlüssel liegt im Eingang.
Dabei bist du extra gekommen...
Schon gut. Ich bin ja einfach losgelaufen.
...
Wann sehen wir uns das nächste Mal?
Wollen...
... wir uns...
... jeden Tag mindestens einmal treffen?
...

?!
Was?!
He?!
RAPÜH!
Nicht schla-fen!
Halt dich auf den Beinen!
Und hepp!
So, jetzt bist du im Bett.
Mh... Danke.
KNARR
Was hast du da an?
Hm? Ein Nacht-hemd.
Ist es ko-misch?
Hochwertiger Stoff
Das nicht, aber...
... ich hab noch nie eines gesehen.
Ach so?

Er ist weder ein Familienmitglied noch ein Kumpel...
... oder mein fester Freund...
... und doch...
So was erlebe ich zum ersten Mal.
Haiji!
Du bist wirklich gekommen.
PATT
Ich wollte dich so gern sehen.

Wir konnten uns heute nicht sehen…
… darum war ich etwas einsam.
Ich wollte deine Stimme hören.
Aber … Hihi.
… am Telefon klingt sie irgendwie anders.
Ich komme… … zu dir!
Hä?
Schließ schon mal auf!
Diese Worte kamen aus dem Nichts…
… und mein Körper bewegt sich wie von selbst.

Kokoro
Wischen
WAPP
!
Hallo?!
Haiji?
Ja.
Entschuldige, dass ich so spät anrufe.
Hast du schon geschlafen?
Nein. Ich war wach.
Was gibt's?
Ach…
… nichts Konkretes. Es ist nur…

Das kotzt mich an!
Kann mein Alter aufhören, sich ständig die Birne wegzuballern?!
RUMMS
Hat sich um ihn gekümmert.
Es ist schon zwei Uhr!
Er schläft bestimmt.
Kokoro...
Heute haben wir uns nicht gesehen.
Was er wohl den ganzen Tag gemacht hat?
SCHRECK
Halt!
Moment mal!
Was denke ich da...?

Du bist echt unverblümt. Immer wieder.
Was?
Ist das hier nicht gern gesehen?
Ich kenne mich da nicht so aus.
Ah, nein, nein!
Das war nicht negativ gemeint.
Du musst dich nicht zu sehr anpassen.
Sag ruhig offen, was du denkst.
Ja.
Mach ich.

Fertig.
So also macht man das.
Wah!
TAちょんDAMMっ
Hoffentlich wachsen wirklich Tomaten daran…
Ich seh ab und zu mal danach.
Wirk-lich?
Wenn du mir hilfst, bin ich be-ruhigt.
Ich werde sie sorgfältig großzie-hen.

Du hast große Hände, Haiji.
Du bist groß, dein Chahan war köstlich...
... und total nett bist du auch.
Hä?
Also...
Wären wir zusammen, würde ich dich bestimmt nicht abservieren.
Was er schon wieder raushaut...
Hör auf!
Ist doch egal jetzt!
Die Samen!
Ich brauche sie einfach nur hier auszusäen?

Cherrytomaten?
Cherrytomaten
Leicht im Topf anzupflanzen
RASSEL
RASSEL
Ja.
Ai hat etwas angepflanzt. Die hier sind übrig.
Wenn wir sie jetzt pflanzen, kannst du sie im Sommer ernten.
Wir haben die Felder schon abgeerntet.
Da gibt's kaum mehr was zu tun.
Darum hab ich mir diese Alternative überlegt.
Ich liebe Tomaten!
Danke, dass du dir so viele Gedanken gemacht hast.
Ich hab ein Déjà-vu...
Lass uns loslegen.
Ja!
5 kg

Mir gefiel der Gedanke, hier zu leben...
... und dann könnte ich auch ...
Ach, nichts. Vergiss es.
Nebenbei, Haiji...
... was soll ich auf dem Feld machen?
Oh, ach ja.
Iss erst mal auf!
Okay!
MAMPF
MAMPF

Meine Mutter war Japanerin...
... und Tochter einer Bauernfamilie.
Eines Tages war sie in der Stadt...
... als sich mein Vater in Japan aufhielt. Er verliebte sich direkt.
Er überzeugte sie, dass er nur mit ihr zusammen nach Italien zurückkehren würde.
Italienisch.
?
Sie haben viel durchgemacht...
... aber mir haben sie nur von ihren glücklichen Erlebnissen erzählt.
Vorm Schlafengehen beschrieb Mutter mir das Leben in Japan.
Die Häuser aus Holz, das viele Grün...
... und den Sternenhimmel.
Das alles gab es dort, wo ich aufwuchs, nicht.
Diesen fremden Ort...
... wollte ich unbedingt sehen.

DAMPF
DAMPF
Mmmh!
Super, Haiji!
Total lecker!
Du kannst echt alles!
Ist nicht der Rede wert...
Ich staune, dass du alleine wohnen willst.
Ja, mein Vater war auch dagegen.
Verständlich...
Aber ich wollte unbedingt in Japan leben.

Ich würde es nicht Kochen nennen...
... aber was Kleines krieg ich hin.
Hast du schon mal Chahan gegessen?
Chahan...?
Schinkenscheiben
Man nimmt Reis, Ei und was man sonst mag und brät alles.
Zato Reis
Tu das in die Mikro.
Bis zur Linie öffnen, dann 2,5 Minuten.
Mikro?
?
Das ist 'ne Abkürzung für Mikrowelle.
TSCHACK
TSCHACK
Ach ja! Hab ich schon mal gehört.
SCHÜTT
SCHÜTT
BRUTZEL
Sieht total lecker aus.
Hah.
Übertreib nicht so!

Riecht hier nicht was angebrannt?
Ah!
HASP
QUALM
QUALM
QUALM
Pechschwarz
ZZZSSSCH
Ich wollte mir was zu essen machen...
Hat wohl nicht so recht geklappt.
Was ist das für ein unidentifizierbares Zeug?
Ich hab auch noch nicht gegessen.
Ich koche uns was.
Hast du Zutaten?
KLADONK
Du kannst kochen?
WÜHL
WÜHL
Oh!

Ich wollt nicht so schrei-en!
Schon gut.
HASP
Du bist echt für-sorglich, Haiji.
Bin ich das?
Sicher weil du jüngere Geschwis-ter hast.
Du hast einfach alles im Griff.
Ich habe zwei ältere Brüder. Für mich wurde immer gesorgt.
Da wir auch Bedienstete haben, wurde ich nie ganz selbstständ-dig.
Bedienstete...
A... Ach so...
So was gibt's wirklich?
Ich werde die Scherben im Müll ent-sorgen.
Hast du sonst alle Teller ein-geräumt?
Ja.
Ich möchte nur noch die Schachtel dort holen.
Aber ich komme nicht dran...
TOCK
Da.
Hm?
SCHNUPPER SCHNUPPER

Gestern wurde alles schön einsortiert...
ごっちゃ
CHAOS
... aber ich habe versäumt zu fragen, was wo ist.
Tut mir leid, dass du mir helfen musst.
Ach, das macht nichts...
Wie hat er die Unordnung hinbekommen?
Ich habe den schönen Teller zerbrochen...
SST
Was mache ich mit den Scherben?
Ah, he!
WAPP
Nicht mit bloßen Händen anfassen!

Oh.
Haiji!
Guten Morgen!
Hallo...
Eigentlich ist schon Mittag...

TOCK
TOCK
He!
Ko...
STILLE
Kokoro!
KLACK
Es ist offen.
RUMPEL
SCHEPPER
Wah!
?!
FLITZ
Kokoro?!
BAMM

Danke, Haiji!
DO
NK
Das hatte keine tiefere Bedeutung!
Ein Abschiedskuss ist im Ausland ganz normal!
Gwaaah!
SCHMERZ
Aber egal wie sehr ich mir das einrede, ich spüre ihn immer noch auf meiner Wange.
Ich geh mal nach ihm sehen...

TAPP
Was starrst du Löcher in die Luft?
Ich weiß, nach fertiger Ernte gibt es nichts zu tun...
TAPP
TAPP
... aber du könntest ja mal dein Zimmer putzen oder so.
Versteck deine Sammlung, bevor deine Mutter sie findet!
HAHA
Pornohefte
Mach ich.
Na ja, ich schau eher Videos online, also halb so wild.
Ah.
Die hatte ich ja noch übrig.
RASSEL
Auberginen
Cherrytomaten
Leicht im Topf anzupflanzen
Wenn ich so drüber nachdenke, gibt es auf den Feldern nichts mehr zu tun, was einem Anfänger Spaß machen würde.
Die hier würden sich besser eignen, oder?
Cherryto-maten?
Ich liebe Toma-ten!

Darling, Give me a break!
2. Kapitel
ぼ
TRÄ
UM
Er kommt gar nicht...

Darling,
Give me
a break!

Darling,
Give me
a break!

BABUMM
?
Da ist ja…
… wirklich…
BABUMM
Diese italienischen Bräuche…
… machen mir Angst…
… ein unglaublicher Kerl in unser Dorf gezogen.

Gute Nacht!
SCHMATZ
?!
Wa...
Wa...
Was...
Was hat er da gerade getan?!
Das war nur ein...
...Ab-schieds-kuss, oder?
BABUMM

... wann du mag...
Danke, Haiji!
SPRI
NG
Bwah?!
Wer dich gefühllos nennt, kann das nicht ernst meinen!
Äh...
Ich freue mich darauf!

Wir sind schon da.
Schade. Ich hätte mich gern noch länger unterhalten.
!
Hör mal!
Willst du die Feldarbeit mal auspro-bieren?
Wie wär's morgen?
Natürlich nur, falls du Lust hast.
Ja!
Ich würde es gerne pro-bieren.
Dann komm einfach rüber...

Mir ist nur aufgefallen, dass du noch nie meinen Namen gesagt hast.
Der Nabe-Eintopf war echt lecker.
Kam das Gemüse von euren Feldern, Haiji?
Äh, ja.
War solches mit kleinen Makeln, das sich nicht verkaufen lässt.
Es hat trotzdem geschmeckt.
Vielleicht deshalb, weil du so viel Liebe reinsteckst?
Kann sein...
Hihi.

Weißt du meinen Namen noch?
Was?
Klar weiß ich den.
Warum?
Dann sag ihn doch mal.
Hä?
Ko...
Kokoro...
Richtig!
Was soll denn das werden?
Hm? Ach, nichts weiter.

Los! Wir gehen!
Ah, ja.
Auf Wiedersehen!
Komm bald wieder!
Dabei ist es gar nicht weit. Danke.
Nachts sind wilde Tiere unterwegs.
Ist besser so.
Auch Bären?
Quatsch! Hirsche oder Tanuki*!
* Marderhunde
Wow! Ich würde gerne welche sehen!
Hier gibt es so viel Natur. Das ist ganz neu für mich.
Du wirkst auch eher wie ein Großstadtkind.

Er ist offenherzig und angenehm.
Tada!
Wah! Das ist also Nabe*?
Genau!
* Eintopfgericht
Sei vorsichtig, es ist heiß!
Okay!
Ich möchte noch mehr über dich erfahren.
Mann! Wäre er eine Frau, hätte ich mich glatt verknallt!
Haiji!
Begleitest du Kokoro nach Hause? Es ist schon dunkel.
Hm?
Okay.
Wie jetzt? Du beschwerst dich nicht? Kann mich mal einer kneifen?
Klappe!

Jemand... Beson...
...deres...?
Ah. Ich habe das nicht merkwürdig gemeint.
Da...
Das ist mir klar!
Hihi.
Kokoro! Iss mit uns zu Abend!
Oh.
Geht das in Ordnung?
Natürlich!
Na ja...
Warum auch immer er herge-zogen ist...
Komm, Haiji!
... er ist kein übler Kerl. So viel ist sicher.

Ich möchte noch mehr über dich erfahren.
Es wäre schön, wenn du mir alles über dich erzählst.
POCH
Immerhin bist du der Erste, den ich in Japan kennengelernt habe.
Ist also kein Wunder, dass du für mich jemand Besonderes bist.

Du sagst echt starke Sachen.
Liege ich falsch?
Nein, du hast recht.
KNIRSCH
Mir fällt nur eine Sache ein, die wichtiger ist...
... als die Feldarbeit, und das ist meine Familie.
Hihi.
Die Felder und deine Familie...
... bedeuten dir also sehr viel.
Na ja...
Logisch...
Jetzt quassele ich die ganze Zeit von mir! Das ödet dich sicher an!
Überhaupt nicht.

Du hast meinen Frust abbekommen.
Entschuldige.
Also...
... schnauze ständig so rum wie gerade eben.
Dann sagen sie, ich wäre gefühllos.
Oder sie werfen mir vor, ich hätte nur die Arbeit im Kopf, so wie heute.
Das nehme ich mir nicht zu Herzen.
Und außerdem ...
... bedeutet das, dass deine Freundin es nicht mit deiner Arbeit aufnehmen kann, oder?
Hah!

Hab 'ne Ohrfeige kassiert.
Streit mit deiner Freundin?
Wir haben uns getrennt. Darum...
!
Und ausgerechnet jetzt tue ich etwas, das dir nicht recht ist...
Ach, hör auf! Das bringt mich auf 180!
Auf 180?
Hä? Ach...
WAPP
Das heißt, es nervt.
Ach so... Tut mir leid.
DEPRI
Uh...
Ähm...
Ich...

Wie bitte?! Der regt mich auf!
Warte!
Ich gehe ihm nach!
ガコーン
KVADONK
Hach...
Haiji!
!
GULP
Du solltest deine Wange kühlen.
Hier, ein nasser Lappen.
Hä?
Ach...
Sagst du mir, was los ist?
ZEIG

Und dann hat mein Lehrer...
SCHA AAA
Lass das doch keinen Anfänger machen!
SCHRECK
Haiji!
Tsk!

Du bist ein Arsch!
Aua...
Du bist doch selbst nicht besser!
Tust verständnisvoll, aber machst dich letzten Endes doch über die Feldarbeit lustig!
Frauen sind so anstrengend!
Denken immer nur an sich selbst!
Würde sie mich wirklich lieben, dann...
...
Mir ist ja längst klar, dass es in di Brüche geht.
... weil ich genau das denke...

Immer das gleiche mit dir!
Denkst nur ans Arbeiten! Kann doch nicht so schwer sein…
… diese schäbige Feldarbeit!
Ein Streit?
Keine Ahnung…
!
Das Gemüse, das du täglich isst…
… wurde alles von Feldern geerntet.
Wenn du das schäbig findest, dann iss nie wieder welches!
ERRÖT
WATSCH

Nach-rich-ten...?
Urgs! Die hab ich ganz vergessen.
Ignorierst du mich?
Oder schläfst du?
Ich glaub's nicht!
Rasend
Ähm, sorry...
Das hast du neulich auch gesagt.
Es kam schon oft vor.
Gestern stand die Ernte an. Ich hatte keine Zeit.
Jeden-falls bin ich gerade bei der Arbeit.
Ich meld mich bei dir.

Er verwirrt mich...
Beeil dich, großer Bruder!
Komm ja schon...
Gleich bin ich fertig.
Haiji!
Wieso hast du meine Nachrichten nicht beant-wortet?

Können wir uns wieder-sehen?
K... Klar?
Ich will dich auch wie-dersehen!
Danke.
Dann bis bald!
Ich weiß zwar nicht, warum er aus Italien hierher aufs Land gezo-gen ist...
... aber ich glaube...
... ich sollte ihn wohl lieber meiden.

He, ihr kommt zu spät zur Schule!
Hä? Wah! So ein Mist!
Komm, Ai!
Okay!
Ah.
Ich muss auch noch Dinge erledigen.
Oh. Natürlich. Entschuldige, dass wir dich aufgehalten haben.
Schläft Vater noch?
Ja. Die Ernte gestern hat ihn geschlaucht.
Dann geh ich ausliefern.
Danke!
Haiji!

Du siehst gut aus, bist schick angezogen und dazu reich!
Wie ein Prinz!
Ein Prinz!
Haha!
Ihr über-treibt.
Phantasie
Seine Hand war wirklich weich, oder?
WUPP
Schau dir unseren Bruder dagegen an... Er ist zwar groß, guckt aber gruselig und ist schroff.
Megu! Was fällt dir ein?!
Meinst du?
Ich finde ihn echt cool.
!
Ach, Kokoro! Du bist ja ein Schmeich-ler!
?
Er ist echt un-verblümt...

Du hast so eine hübsche Augenfarbe!
Und diese Männer in den schwarzen Anzügen sind deine Butler?
Sag bloß, du bist reich?
Ähm...
Ah!
Wie?
Du hast ja weiche Hände!
STRAAAAAHL
Oh, tatsächlich!
FUMMEL
FUMMEL
Ich will auch mal anfassen!
FUMMEL FUMMEL
Wow, samtweich wie Pfirsiche! Deine Haut ist mega schön!

Du bist so unverblümt.
?
Was geht denn hier ab?!
Die Yakuza?!
Ist das nicht ein Mercedes?!
He, Haiji, guck dir…
Wer ist das?!
GLITZER
Bring ihn mit!
Deine Schwester?
Ja. Sorry.
Magst du mit reinkommen?
Wow!
Du bist also Halbitaliener und Halbjapaner, Kokoro?

Wie schreibt man deinen Namen?
KRRZ
KRRZ
So hier.
Meine Mutter ist totaler Fan von Heidi.
Die Zeichen stehen nur für die Aussprache.
»Asche« ...
... und »liebevoll«.
Das heißt...
... bis du zu Asche wirst...
... also bis du stirbst, wirst du etwas lieben. So könnte man es doch verstehen?
Du...
... hast italienische Wurzeln, oder?
Woran hast du das bemerkt?

Das war schon richtig.
DRÜCK
Ich heiße Haiji Nakata.
Haiji?
Die japanische Schreibweise von »Heidi«?
Ja, genau. Du weißt ja gut Bescheid.
Ich habe alles über Japan gelernt!
Ich kann auch die Schriftzeichen lesen!
Heidi ist einer der bekanntesten Anime!
Ich bin Ihnen wohl zu aufdringlich. Tut mir leid.
Was?
Nein, gar nicht!
Mich siezt sonst nur niemand.
Dann lasse ich das ab jetzt sein.

KRSCH
Entschuldigung. Wohnen Sie hier?
Hä?
Äh... Ah... Ja.
Der Typ...
... ist kein Japaner.
Freut mich.
Ich bin neu in diesem Dorf.
Ich heiße Kokoro Sakurazaka.
Aber er spricht Japanisch.
...
GLOTZ ...
Habe ich etwas falsch gemacht?
Ich habe gelernt, dass man sich in Japan so vorstellt.
Ah, nein!
HASP

HAURUCK
Sind das...
HAU RUCK
... Yakuza?!
Warum schleppen sie Möbel durch die Gegend?!
TAPP

Darling,
Give me
a break!

Darling, Give me a break!
1. Kapitel
SCHAAA
Gut, das reicht.
Hm?
RUMPEL
KLAPPER
KLAPPER
VROMMM
Was ist los...?
Ein riesiger Lkw...
KLACK
Das Auto ist nicht von hier.
DOMM
Was zum...?!

Inhalt

Darling, Give me a break!
Minta Suzumaru
Aus dem Japanischen von Diana Hesse